Àngels Navarro

¡BIENVENIDO, OTOÑO!

Ilustraciones de **Carmen Queralt**

COMBEL

En otoño, el bosque se llena de setas. Sigue las líneas y colorea las setas como las del modelo.

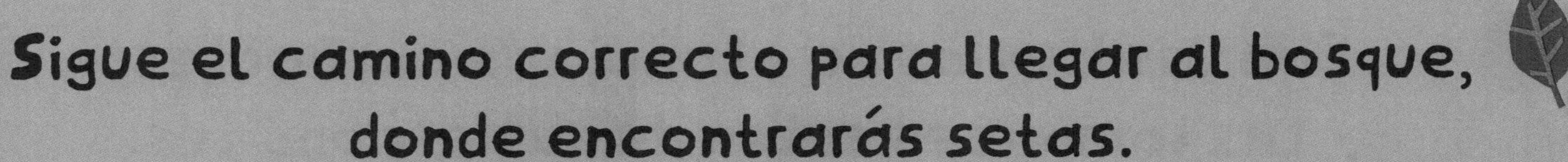

Sigue el camino correcto para llegar al bosque, donde encontrarás setas.

Con las lluvias de otoño, los caracoles
y las lombrices salen de sus escondites.
¿Los ves? Cuéntalos.

Dibuja espirales como la del modelo.
Atrévete con colores y tamaños distintos.

En otoño, las cigüeñas y otras aves emigran hacia zonas cálidas. ¿Cómo es una cigüeña? Lee las pistas y encuéntrala.

Dibuja gotas de lluvia cayendo de la nube.
Coloréalas de manera divertida.

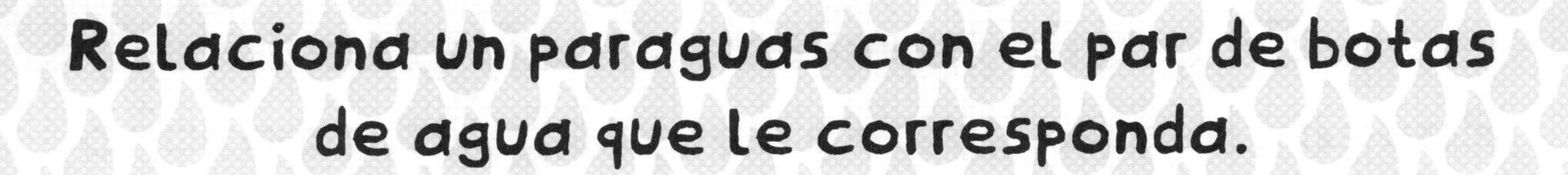

Relaciona un paraguas con el par de botas de agua que le corresponda.

En otoño, empieza a refrescar.
Rodea la ropa que no sueles usar en otoño.

Une con una línea las hojas que tengan el mismo tamaño. No importa su color.

Los bosques otoñales dan lugar a preciosos paisajes con colores especiales. Une cada color con su nombre.

AMARILLO

MARRÓN CLARO

MARRÓN OSCURO

ROJO

NARANJA

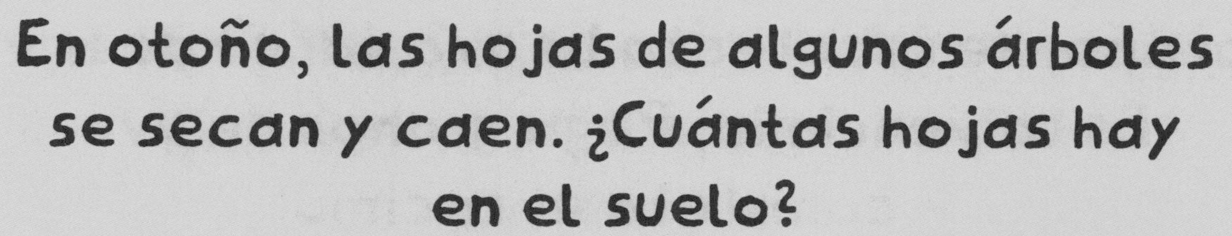

En otoño, las hojas de algunos árboles se secan y caen. ¿Cuántas hojas hay en el suelo?

En otoño, se recolecta la uva para hacer vino.
Es la vendimia. Pega granos de uva
y completa el racimo.

La calabaza es una de las hortalizas típicas del otoño. También es el símbolo de Halloween. Dibuja ojos, nariz y boca a esta calabaza.

Sigue la línea de cada sombrero de bruja
de un color distinto.

¡Acuérdate de colorear los adhesivos antes de pegarlos!

¿Conoces las frutas y las verduras de otoño?
Pega los adhesivos debajo de cada etiqueta.
Coloréalos del color que les corresponda.

FRUTAS

VERDURAS

En cada columna, rodea el fruto que es distinto de los demás. ¿Conoces el nombre de todos ellos?

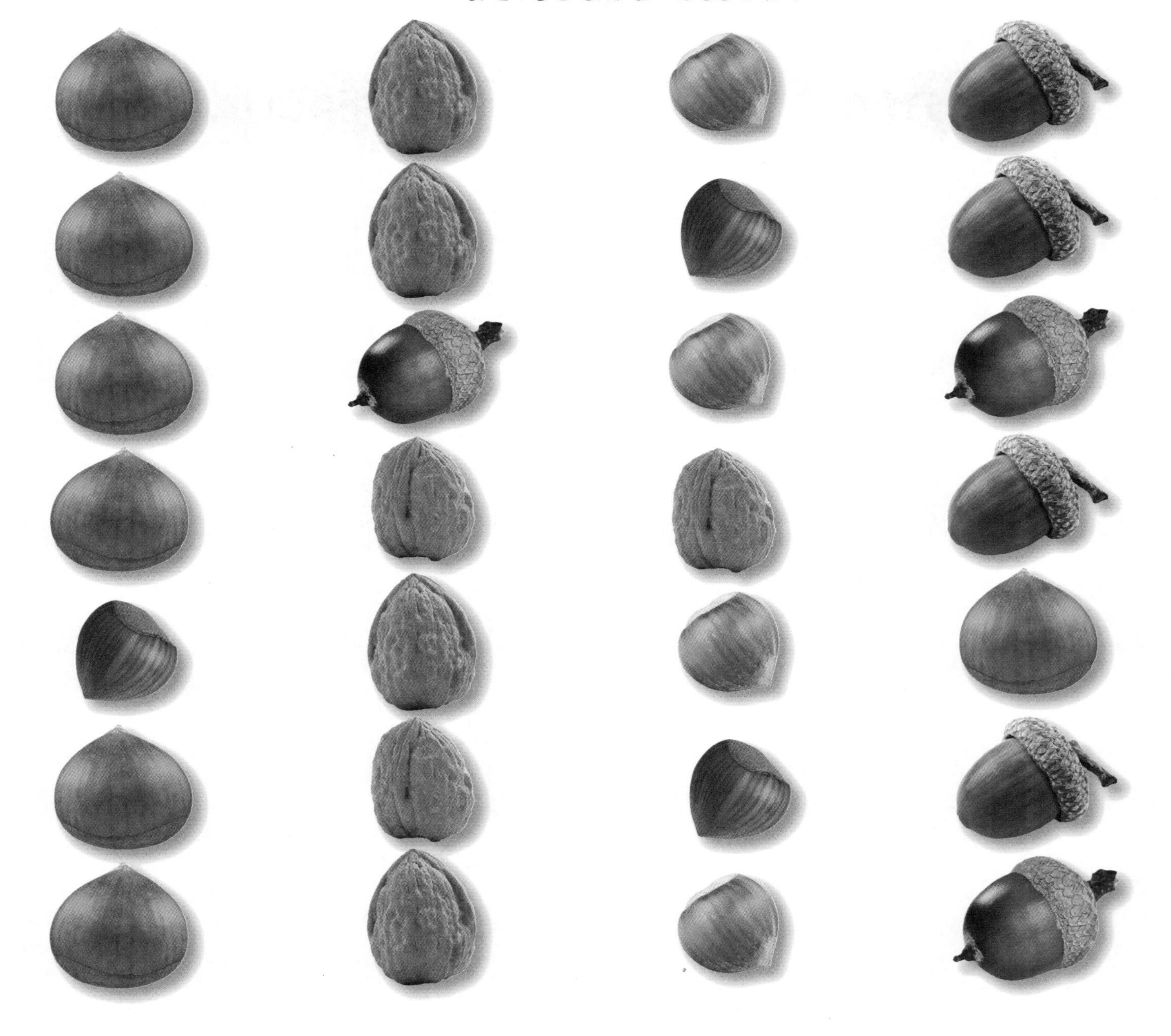

¿Cuántos erizos hay?
Escríbelo en las etiquetas.

Pinta las casillas como los modelos y obtendrás una calabaza de Halloween y una araña.

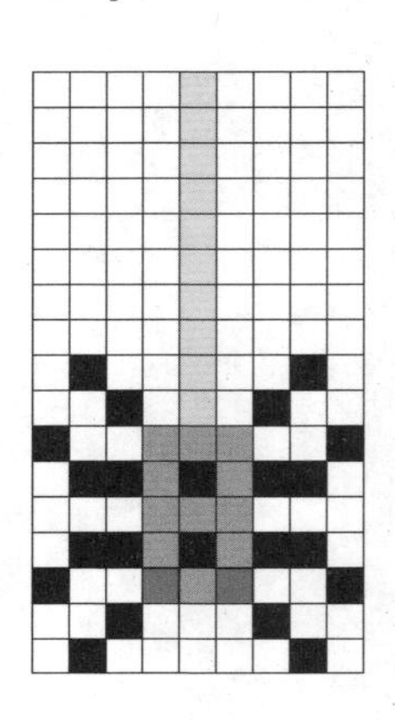

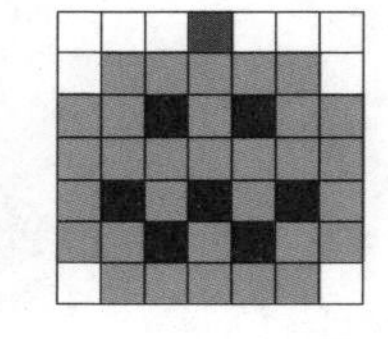

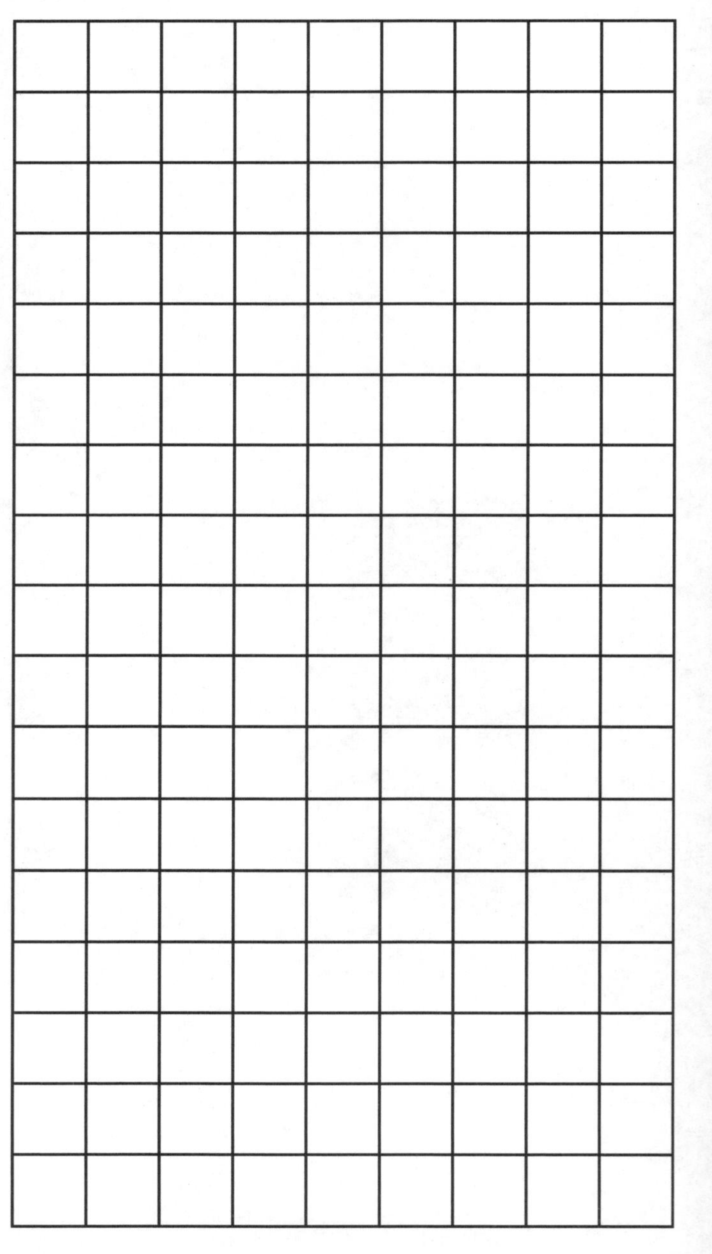

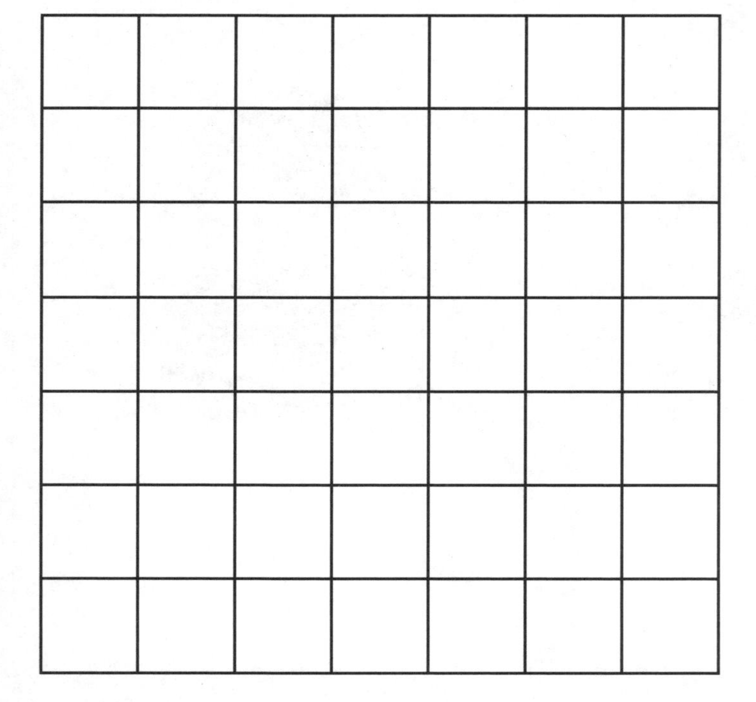

Ordena estas cuatro manzanas del 1 al 4, de menos mordidas a más mordidas.

¡A los gusanos también les gustan las manzanas! Dibuja más gusanos.

¿Sabes cómo se llaman estos bichos?
Une cada uno con su nombre.

Rodea de color verde o de color rojo, según corresponda:

-Una caja llena.
-Una seta.
-Una gallina de juguete.
-Unas hojas pequeñas.

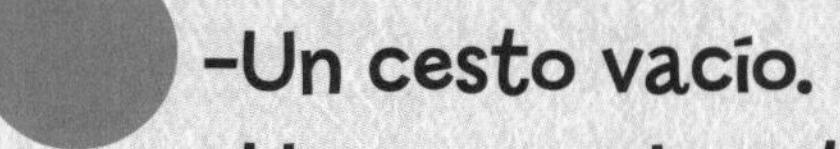

-Un cesto vacío.
-Un grupo de setas.
-Una gallina de verdad.
-Unas hojas grandes.

Encuentra el símbolo que solo aparece una vez en cada fila y dibújalo en la última casilla. Haz lo mismo con cada columna.

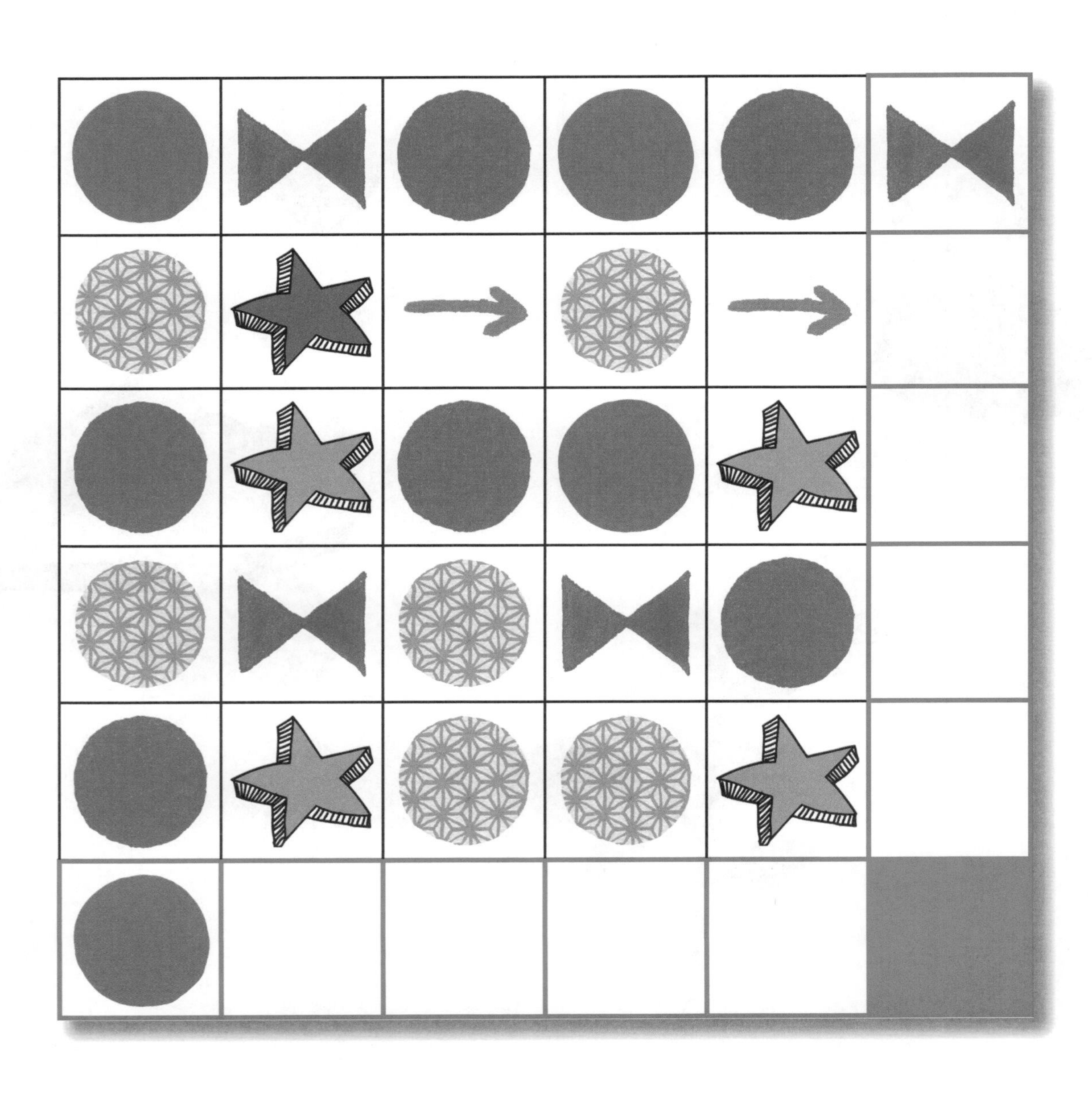

Escribe en cada grupo de casillas la palabra correcta. Debes seguir la dirección de la flecha al escribirla y fijarte en la letra que ya está escrita.

ARDILLAS, FRÍO, LLUVIA, CASTAÑAS

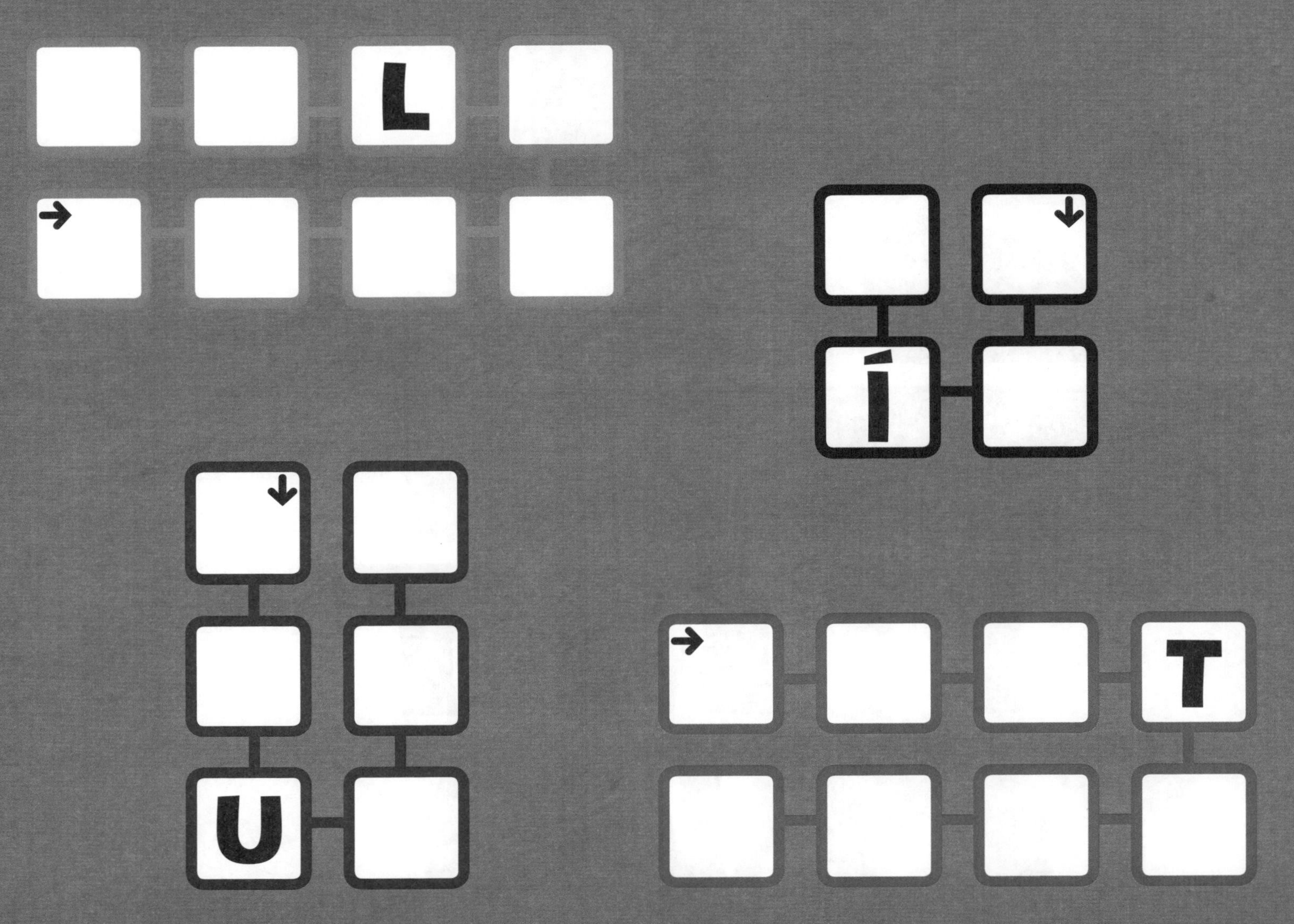

Ordena este paisaje indicando con un número el orden en el que deberían ir las tiras.

Busca y rodea en la imagen tres grupos de tres ardillas como las del modelo.

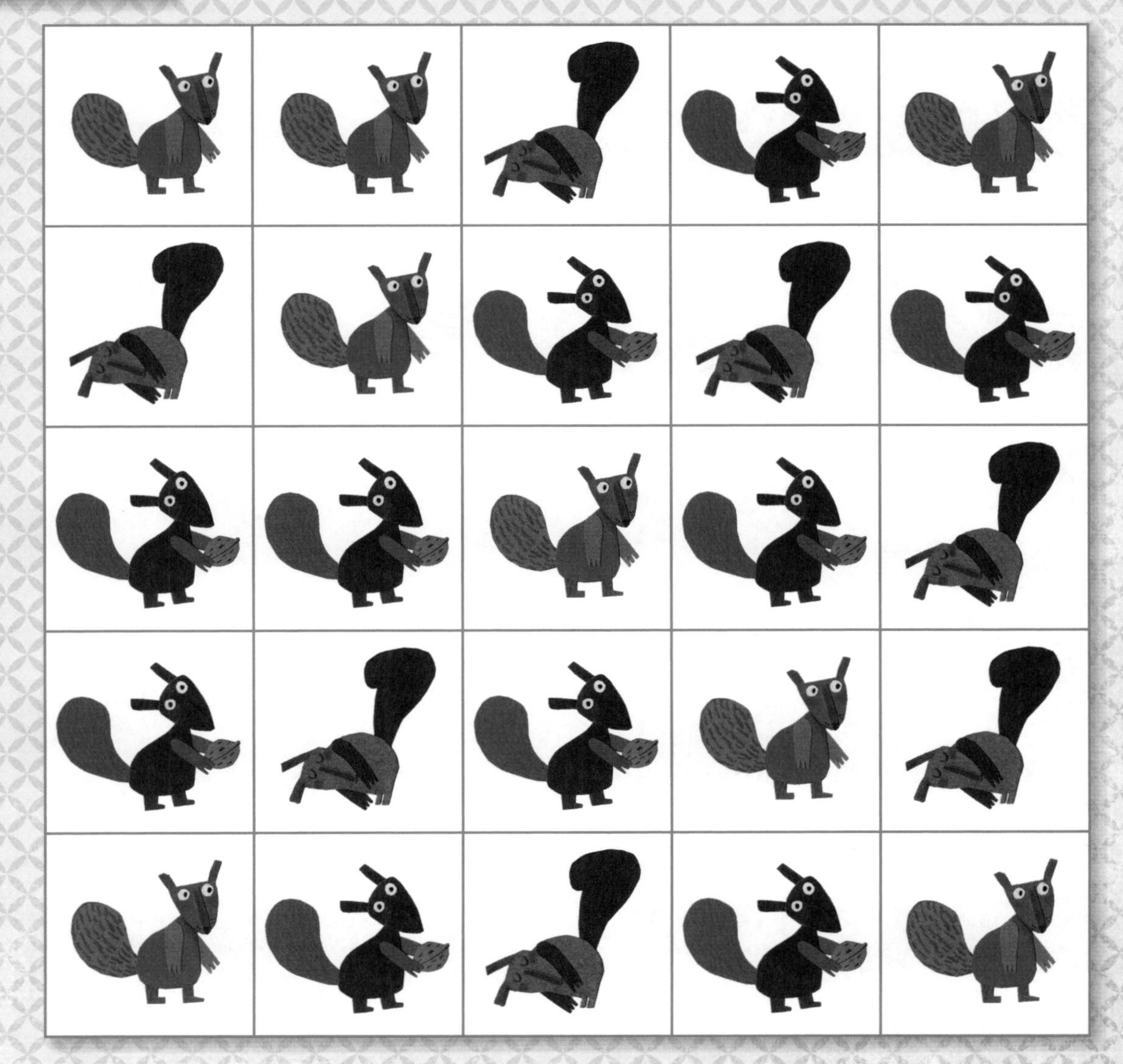

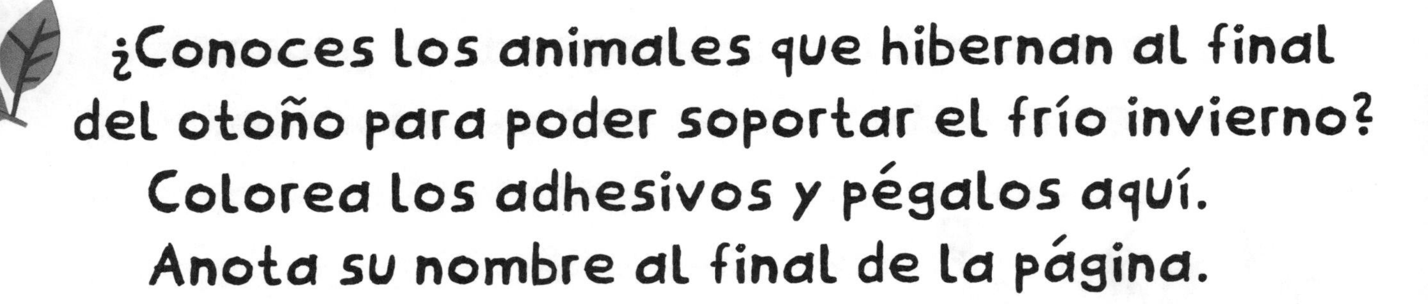

¿Conoces los animales que hibernan al final del otoño para poder soportar el frío invierno?
Colorea los adhesivos y pégalos aquí.
Anota su nombre al final de la página.

¿Sabes cómo se llaman estas hortalizas?
Une con una línea cada nombre con su dibujo,
procurando que las líneas no se crucen.

ZANAHORIAS

GUISANTES

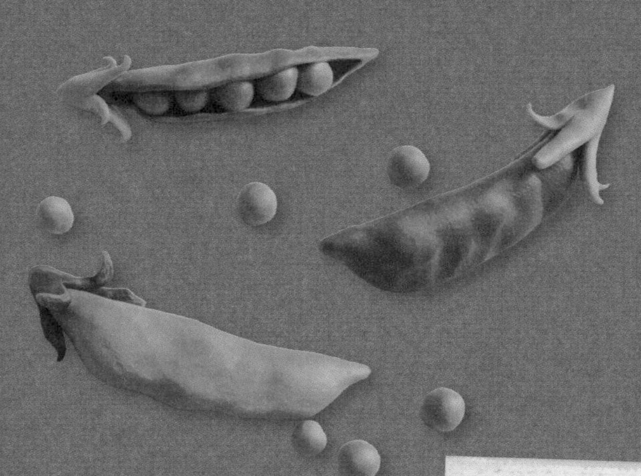

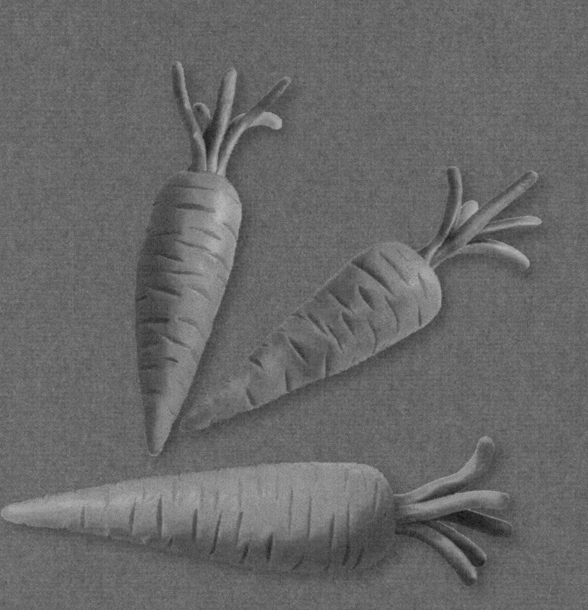

MAÍZ

Casp, 79 - 08013 Barcelona
Tel. 902 107 007
combeleditorial.com

Juegos y contenido: Àngels Navarro
Ilustraciones: Carmen Queralt
Maquetación: Albert Mas

Primera edición: septiembre de 2015
ISBN: 978-84-9101-007-4
Depósito legal: B-17725-2015

COMBEL/INDICE/OF195970-2/SET15

Printed in Spain
Impreso en Indice, S. L.
Fluvià, 81-87 - 08019 Barcelona